Schmittmanns Weihnachten

Ben Weber

# Schmittmanns Weihnachten

Bibliografische Information der Deutschen Nationalbibliothek:
Die Deutsche Nationalbibliothek verzeichnet diese Publikation in der
Deutschen Nationalbibliografie; detaillierte bibliografische
Daten sind im Internet über dnb.dnb.de abrufbar.

Herstellung und Verlag: BoD – Books on Demand, Norderstedt

**ISBN:** 9783752669893

# Sportschau mit Gästen

## 1.Kapitel

„Ich brauch nix!"
Schmittmann linste durch den Türspion. Dieses
Pärchen mit Taschen und Tüten in der Hand
kannte er nicht. Dass seine Nachbarin, die alte
Haferfeld, danebenstand, machte die Sache
auch nicht besser.

Eigentlich wollte er gar nicht zur Tür gehen, im
Fernsehen lief die Sportschau. Der VFL im Ab-
stiegskampf, wieder mal. Aber an die Tür musste er schließlich doch, immerhin erwartete er
ein Paket. In der Vorweihnachtszeit wurde sogar samstagsabends noch ausgeliefert. Bestellt
hatte er eine braune „Chill-out-Hose" von Tchi-
bone. Keine Ahnung, was das sein sollte, dieses
„Chill-out", aber er benötigte dringend etwas,
in dem man sich wohlfühlen konnte und diese
Buxe sah ziemlich bequem aus. Aus dem Internet. War ganz einfach heutzutage. Und Geld
hatte er schließlich genug. Auch die Zeit, um
sich die Online-Angebote ganz genau anzuse-
hen. So, wie er sich jetzt diese Personen vor
seiner Tür ganz genau ansah.

„Herr Schmittmann, ich weiß doch, dass Sie da sind! Samstagabend, kurz vor sieben. Da sehen Sie sich doch immer die Sportschau an. Machen Sie bitte die Tür auf."

Verdammte Haferfeld! Was war bloß los mit der Frau? Woher wusste sie das? Schmittmann musterte die Türklinke. Er würde die Tür aufreißen, mit einem Ruck, und sich vor denen aufbauen. Sollten die doch gleich mal sehen, wer hier der Herr im Haus war. Zumindest auf der dritten Etage. Schmittmann öffnete, aber nur einen Spalt. Frau Haferfeld ließ sich davon nicht beeindrucken.

„Wir von der evangelischen Kirchengemeinde unterstützen notleidende Flüchtlinge, sicher haben Sie schon davon gehört. Heute Abend hat jemand in der Turnhalle an der Wittener Straße Feuer gelegt. Die ist momentan unbewohnbar. Die drei hier brauchen dringend Ihre Hilfe. Aber das können sie Ihnen ja selber sagen, Familie Samet spricht sogar etwas Deutsch. Ich lass sie dann mal allein, wenn Sie noch Fragen haben, klingeln Sie einfach bei mir."

Schmittmann war sprachlos.

Mit welcher Selbstverständlichkeit diese Frau ihn einfach in Anspruch nahm, obwohl sie wusste, dass im Fernsehen seine Lieblingssendung lief. Um sich dann einfach aus dem Staub zu machen. Jetzt stand er da, allein mit diesen Fremden. Der kleine Mann, vielleicht Anfang vierzig, sah ihn erwartungsvoll an. Ein Schritt hinter ihm stand eine noch kleinere Frau mit einem Päckchen auf dem Arm. Daneben ein Koffer, zwei Rucksäcke und mehrere vollgestopfte Plastiktüten.

„Wir, Flüchtlinge aus Gaza. Brauchen ein Dach auf dem Kopf. Sporthalle wurde angebrannt."

„Über dem Kopf, heißt das, Herr, äh... ein Dach über dem Kopf. Nicht *auf*. Und abgebrannt, nicht *angebrannt*."

„Mein Name ist Samet, ich freue mich, Sie zu sehen." Der kleine Mann reichte ihm die Hand.

Immerhin, ordentliche Manieren hatte der Knabe. Er wirkte müde und ja, das sah selbst Schmittmann, auch ziemlich verzweifelt. Die Frau, die immer noch in seinem Schatten stand, sah auch erschöpft aus. Mann, wenn das geschauspielert war, dann war es aber richtig gut!

Schmittmann war beeindruckt. Und irritiert. Im Fernsehen stolperten gerade in diesem Augenblick ein paar supergut-verdienende Schnösel über einen Fußballplatz und bekamen minütlich eine horrende Summe Geld dafür, dass sie vor einen Lederball traten, oder es zumindest versuchten. Und hier tauchten in der Vorweihnachtszeit zwei merkwürdige Gestalten auf, die offensichtlich in Not waren. Oder zumindest so taten.

„Meine Frau Akilah…", der Mann deutete lächelnd auf seine Begleiterin, „…und unsere Tochter."

Wie zur Bestätigung schob er die Frau einen Schritt nach vorne. Sie streckte Schmittmann ihr Päckchen entgegen. Aus einem winzigen, pausbäckigen Gesicht blickte ihn ein Säugling neugierig mit großen Augen an. Niedlich, dachte Schmittmann, verbot sich aber im gleichen Moment diese Anwandlung. Nur keine Gefühlsduselei, das fehlte ihm gerade noch. Die Situation musste nüchtern analysiert werden. Waren die wirklich echt, diese Typen mit dem Baby? Oder waren sie nur Teil eines Krippenspiels, hatte sich etwa die Kirchengemeinde diesen Blödsinn ausgeheckt? Auch der „Wild", dieser dummdreisten Boulevardzeitung, traute er so etwas zu.

„Wollen Sie so von Tür zu Tür ziehen und um Almosen betteln? Dass Sie sich nicht schämen, mit Ihrer Frau und dem Kind. Ihre Lage so auszunutzen."

„Wir nichts aus Almosen, wir aus Palästina. Brauchen Unterkunft. Und Nachbar sagen, Schmittmann guter Mensch, hat viel Wohnung. Genug für vier."

Verdammt, wollten die ihn verarschen, seine Nachbarn? „Guter Mensch", was für ein Blödsinn! Wohnraum, das ja, den hatte er reichlich, alleinlebend auf einhundertfünf Quadratmetern. Seit Martha ihn vor drei Jahren verlassen hatte. Weil er, wie sie behauptet hatte, mit der Zeit ein Sturkopf geworden war, ein Nörgler und Egoist. Und wenn es so wäre?

Warum hatte sie das erst jetzt bemerkt?
Er hatte sich über die Jahre doch nicht großartig verändert, fand er. Aber das Alleinsein hatte ja auch sein Gutes. Er war sein eigener Herr. Keine Diskussionen mehr über Mahlzeiten, das Fernsehprogramm, verschwitzte Socken oder die Art, wie man die Wohnung zu lüften oder

das Geschirr einzuräumen hatte. Alles durfte er jetzt selbst bestimmen.

Trotzdem, nachdem einige Monate vergangen waren, begann er sich nach Gesellschaft zu sehnen. Er besaß ja nicht einmal Wellensittiche. Oder Fische. Seit Martha fort war, kamen auch die Kinder mit den Enkeln kaum noch zu Besuch.

Neulich hatte Schmittmann sogar gebetet. Nur ein ganz kurzes Gebet. Nun kam er ins Grübeln. Diese beiden waren doch wohl nicht die Antwort darauf, oder? Kannte Gott etwa schwarzen Humor? Oder hatte der seine Bitte falsch interpretiert und nicht genau hingehört? Wer wusste denn schon, was für ein Gemurmel da oben ankam, wenn Zigtausende hier auf Erden ihre Wünsche äußerten. Das meiste davon waren ja doch nur Lappalien.

„Sie müssen mit Ihrer Frau zum Amt, wenn Sie bedürftig sind. Dafür gibt es Regeln. Und Informationen. Zum Beispiel im Bürgerbüro am Rathaus. Da sollten Sie mal vorbei gehen, da kümmert man sich um Sie.“

„Alles voll. Alles zu klein. Nicht gut für Akilah.“ Der braune Mann strahlte seine Frau an.

Dass er dazu noch die Nerven besaß. So verliebt zu tun. Schmittmann hatte seine Ehefrau auch geliebt, das heißt, irgendwie liebte er sie noch immer. Nicht mehr so leidenschaftlich wie vor dreißig Jahren, aber immerhin. Er vermisste sie. Seine Martha. Verdammt, er hatte es vermasselt!

„Wir bleiben dann hier?"
Zwei müde Augenpaare blickten ihn erwartungsvoll an.
„Wie, was, hier bleiben? Nee, nee, so geht das nicht! Da gibt es Vorschriften, für solche Fälle. Man kann hier nicht einfach  machen, was man will. Hat ja alles seine Ordnung. Einen Untermieter, den müsste ich – ach, was red ich denn da. Sie können nicht bleiben, auf gar keinen Fall!"

„Sie sind sehr freundlich zu uns. Sie hören zu und machen sich Gedanken."
Hallo? Was war das denn? Die Frau sprach ja noch besser Deutsch als ihr Mann. Sprechen so Flüchtlinge aus Palästina? Hm... sie hatte Recht, er machte sich tatsächlich Gedanken. War er deshalb schon ein guter Mensch? Mein Gott, wenn das so weiterginge, dann lud er diese

Orientalen womöglich noch zum Tee ein. Er durfte jetzt nicht weich werden...

„Ich kann Ihnen etwas Geld geben, das hilft Ihnen bestimmt weiter."
Im Hintergrund überschlug sich der Sportreporter. Hatten seine Jungs den Ausgleich erzielt? Und wenn sich die beiden jetzt einfach in Luft auflösen würden?

„Wir waren schon früher in Deutschland. Ein gutes Land, mit freier Meinung. In Gaza haben wir die Hamas kritisiert. Deshalb mussten wir fliehen. Sie helfen uns doch, bitte?"

Mein Gott, dieser Reporter, warum schrie der so rum? Da war bestimmt die Hölle los... ob der VFL in Führung gegangen war?

„Möchten Sie vielleicht 'nen heißen Tee? Ich hab aber nur Pfefferminz da."
Du lieber Himmel, hatte er das gerade etwa wirklich gesagt... hatte er den Verstand verloren?
„Sie sind ein guter Mensch, wir haben gewusst."
Die beiden umarmten sich innig. War das jetzt eine Antwort auf seine Einladung? Er war ein-

fach nicht geübt in diesen Dingen. Eine freundliche Einladung zum Tee – wenn das Martha sehen könnte. Sie würde es kaum glauben.

„Bitte, dürfen wir eintreten? Wir ziehen uns Schuhe aus. Und waschen uns Hände, wenn es geht...“

Oh nein, sein Bad wollten die benutzen? Das hatte er nicht so gerne. Fremde in seinem Bad. Andererseits sprach es für ihre Reinlichkeit, das musste er anerkennen.

„Na, kommen Sie mal rein. Sie können sich frisch machen, gleich hier, erste Tür links.“

Die beiden stellten ihre Schuhe neben die Tür, verbeugten sich, betraten die Wohnung und verschwanden in seinem Badezimmer. Er hörte, wie sie sich die Hände wuschen...

„Wir bleiben?“

Akilahs Stimme klang ängstlich.

Verdammt, da hatte ihn die Haferfeld vielleicht in eine Lage gebracht. Meine Herren! Und zum Fußball gucken kam er auch nicht mehr. Er musste sich wohl oder übel entscheiden, und zwar schnell...

„Also, Sie dürfen sich jetzt erst mal zu mir setzen und Ihren Tee trinken. Danach gehen wir in den Keller, der is´ nämlich picobello, wenn Sie verstehen... was ich meine. Also richtig aufgeräumt und sauber eben. Wir bauen schnell die Balkonliegen auf, dann noch ein paar Decken und Kissen, und schon isses da richtig gemütlich."

Die kleine Frau begann plötzlich zu weinen, Schmittmann klopfte ihr unbeholfen auf die Schulter.
„Wir sind so glücklich.", schluchzte sie.

Schmittmann schluckte. Und er war ihr Glücksbringer gewesen! Eine völlig neue Erfahrung. Jetzt brauchte er aber ein Taschentuch. Die Nase lief, lag sicher an der zu trockenen Luft...
Im Keller unten, da war sie feucht, die Luft. Aber sollte er die beiden etwa in seiner Wohnung beherbergen? Einfach so? Er war doch nicht die Heilsarmee. Ja, gut, das kleine Gästezimmer stand quasi leer, denn Gäste hatte er schon lange nicht mehr. Im Kellerraum war nur sehr wenig Platz. Schon wegen der Vorratsschränke. Oh Gott, sein Weinregal! Wenn die das umwarfen, die edlen Tropfen! Oder sie betranken sich einfach... durften die das überhaupt, so als Palästinenser? Ach, auch schon egal, sollten sie sich doch ein Gläschen gönnen.

Vielleicht konnte man das ja zusammen trinken. Zur Feier des Tages  oder einfach nur so.

„Wissen Sie was, Frau... Alila? Sie packen jetzt Ihre Sachen fürs Erste mal ins Gästezimmer. Und dann gucken wir zusammen Fußball. Nach dem Spiel hol ich uns ´nen feinen Tropfen rauf. Was richtig Gutes. Dann stoßen wir mal an, auf was auch immer."

Puh, hier in der Küche war ihm wohler. Seine beiden Gäste hatten schon wieder losgeheult. Nicht zum Aushalten. Wobei die ansonsten ja ganz nett waren, die Beiden. Und das Kleine natürlich. Würde bestimmt gemütlich werden, so zu viert in der großen Wohnung. Und morgen würde er das mit der Freundlichkeit noch einmal ausprobieren. Seine Kinder anrufen und mit den Enkelkindern plaudern. Die würden sich aber schön wundern. Wer weiß, vielleicht kamen die ja am Heiligabend doch noch zu Besuch. Schön wär´s.

Schmittmann saß allein vor dem Bildschirm. Seine Gäste waren wohl zu erschöpft, aber nach dem Schlusspfiff sollte er noch einmal anklopfen. Ein Glas Wein, das wäre okay, hatten sie gesagt. Soeben fiel das 4:2, leider für den St. Pauli. Es ärgerte ihn, aber seine Laune war nicht so mies wie sonst. Seine Gedanken schweiften ständig ab, obwohl er unbewegt auf die Mattscheibe starrte. Ein bisschen musste man sich doch kümmern. War morgen nicht verkaufsoffener Sonntag in der Stadt? Flüchtlingen fehlte doch bestimmt das eine oder andere. Wo kaufte man eigentlich Babysachen? Gab es spezielle Geschäfte für sowas?

Er hatte keine Ahnung. Da musste er wohl jemanden fragen. Schmittmann wusste auch schon, wen ...

# Dattelcreme und Fladenbrot
## 2.Kapitel

Schmittmann machte sich noch einmal Mut. Er würde jetzt Martha anrufen und sie wegen der Babysachen um Rat fragen. Und dann... Mit schwitzenden Händen wählte er ihre Nummer. Die Stimme seiner Frau klang freundlich und warm.

„Das finde ich so toll, dass du dich für die Flüchtlinge engagierst... und ihnen sogar eine Unterkunft anbietest. Also das hätte ich dir gar nicht zugetraut."

Schmittmann räusperte sich. So viel Lob war er nicht gewöhnt. Doch nun musste er sich einen Ruck geben, denn er hatte sich ja fest vorgenommen, Martha zu sagen, wie sehr er sie vermisste und dass ein Heiligabend ohne sie kein richtiges Weihnachten ...

Seine Frau kam ihm zuvor: „Ach, Klaus, bei der Gelegenheit, falls du nach den Feiertagen mal Lust auf ein gemeinsames Kaffeetrinken hast – das fänd ich richtig nett. Allerdings will ich dir auch nicht verschweigen, dass ich jetzt mit einem neuen Partner zusammenlebe."

Schmittmann war baff! Seine Frau lebte mit einem anderen Mann zusammen... einem fremden Kerl! Was für eine Enttäuschung. Seine Martha! Die ihm dann zum Abschied alles Gute wünschte. Und frohe Weihnachten. Er selbst hatte wortlos aufgelegt. Schmittmann seufzte. Jetzt blieben nur noch seine Kinder, Frank und Hanna, übrig. Oder die Samets. Aber durften die überhaupt Weihnachten feiern? Auf keinen Fall wollte er das Fest wieder alleine verbringen, so wie im letzten Jahr...

Am Morgen des Heiligabends hatte er den alten Plastikbaum aus dem Keller hochgeholt, ihn nach beigefügter Anleitung zusammengesteckt und ordentlich geschmückt. Immer eine rote neben eine silberne Kugel. Ansonsten keinen überflüssigen Schnickschnack, nur noch ein kleiner Engel und die Lichterkette.

Danach legte er die "Happy Christmas"- CD von Dean Martin auf und begann das traditionelle Festtagsgericht zuzubereiten: Schweinebraten in Schwarzbiersoße. Allerdings nicht ohne sich selbst beim Abschmecken der Soße ein Gläschen des Gerstensafts zu gönnen. Als dann aber Dean Martin „Silent Night", Marthas Lieblingslied, anstimmte, musste Schmittmann plötzlich heftig schlucken. Zügig schaltete er den CD-Player aus- und den Fernseher ein. Nun leisteten ihm sein Festtagsbraten, ein Sechser-pack Fiege-Schwarzbier und Stefanie Hertel mitsamt ihren Weihnachtsgästen Gesellschaft. Doch trotz Braten und Bier stimmten ihn die Weihnachtslieder nicht fröhlicher.

Schmittmann hatte sich damals fest vorge-nommen, das nächste Weihnachtsfest nicht alleine zu verbringen. Sein Sohn Frank schien sich tatsächlich über seinen Anruf zu freuen...

„Na klar, Papa, wir kommen gerne. Aber wir bleiben nicht allzu lange, wegen der Kinder. Du weißt ja... mit deiner direkten Art, da tun sie sich etwas schwer. Aber auf einen kurzen Be-such, das kriegen wir schon hin. Wenigstens zum Geschenke austauschen."

Ja, Carla und Calvin hatten sich eines Tages ge-weigert, ihn weiterhin zu besuchen. Aber, mein Gott, man muss die Blagen auch mal zurecht-stauchen dürfen! Kinder brauchen doch Regeln. Na gut, Schnee von gestern. Dieses Mal würde er sich eben etwas toleranter geben, sollte Cal-vin beim Essen doch sein Käppi aufbehalten und Carla ihre Kopfhörer.

„Übrigens, ich hab noch weitere Gäste, da wirst du Augen machen, Frank..."

Schmittmann begann ihm von seiner Begegnung mit Akilah und Hasim zu berichten, als sein Sohn ihn plötzlich unterbrach.

„Papps, das muss ich mal eben der Susanne erzählen, ich melde mich gleich noch mal."

Schwupps, hatte er aufgelegt. Um kurz darauf seinen geplanten Besuch wieder abzusagen.

„Tut mir echt leid, Papa. Aber das sind ja ganz fremde Menschen, die wir überhaupt nicht kennen, dazu noch dunkelhäutig, das macht den Kindern doch Angst."

„Mensch, hömma Frank, diese Leute sind total nett! Und ihre Hautfarbe sollte doch keine Rolle spielen. Überleg mal, wie's damals war: Josef, Maria, Jesus und die anderen, – die waren doch alle so braun wie ihr, nach eurem letzten Spanienurlaub."

„Papps, das mag sein, ist ja alles schön und gut. Aber es geht wirklich nicht, dafür musst du Verständnis haben. Deine Präsente kannst Du doch auch per Post schicken. Am besten schon morgen früh, dann bleiben sie nicht im Weihnachtsstau hängen. Wär doch schade drum.

Auf jeden Fall wünschen wir dir ein frohes Fest, von uns allen."

So ein Hanswurst, der Frank! Dann eben nicht. Es blieben ja noch seine Tochter Hanna und ihr Partner, der Dings, na, der... ach, wie hieß der noch gleich? Mist, den Namen hatte er schon wieder vergessen. Er telefonierte einfach zu selten mit Hanna. Sicher, er hatte ihr damals Vorwürfe gemacht. Dass es sehr egoistisch und selbstsüchtig sei, aus beruflichen Gründen auf Nachwuchs zu verzichten. Eine Frau, Mitte Dreißig, so hübsch und gescheit... seine Tochter Hanna. Die er vermisste. Aber dieses Weihnachtsfest, das würde er nutzen, jawohl! Er würde sie einladen und sich mit ihr versöhnen...

Wie sich herausstellte, hatte sich Hanna in der Zwischenzeit von ihrem Freund getrennt. Jetzt lebte sie mit einer Frau zusammen.

„Wenn das für dich okay ist, Papa, dann frag ich mal die Annika, ob sie Lust darauf hat, mit dir und deinen Gästen Weihnachten zu feiern."

Nach kurzer Rückfrage gab ihm Hanna eine Zusage.

„Prima, schön, dass ihr kommt. Ich freu mich auf euch, dich und die Anna... wie bitte? Annika? Ach so. Muss mich erst dran gewöhnen. Dass du nicht mehr mit dem Dings, aber gut, wenn es nicht mehr ging... ist ja auch eure Sache."

Schmittmann war nur froh, dass er nicht allein feiern musste. Und ob Hanna nun mit einem Mann oder einer Frau... Hauptsache glücklich. Genau so wie es Akilah und Hasim waren.

Schmittmann blickte auf den DIN-A4 Bogen, den er am Kühlschrank befestigt hatte. Es gab noch einiges zu erledigen. Die offiziellen Tagestermine. Das war seine Idee gewesen, denn zum einen konnte er sich kaum noch die vielen Dinge merken, die es neuerdings zu erledigen galt, zum anderen hatte Familie Samet die Merkhilfen mindestens ebenso nötig wie er. So gab es ab sofort feste Badezimmerzeiten für alle. Denn wenn Akilah nicht gerade dabei war, ihre Haare, die Füße oder ihre kleine Tochter zu waschen, dann genoss sie endlos dauernde Baderituale, die dampfende Nebelwolken produzierten und sein Badezimmer in einen orientalischen Hammam verwandelten.

Der Alltag mit seinen Gästen wurde zu einer Herausforderung für Schmittmann. Von wegen mal eben in Unterwäsche und Socken durch die Wohnung huschen. Selbst im Bademantel wurde er nicht mehr geduldet. Hasim bat ihn um Verständnis.

„Religion anders, Kultur anders. Muss du haben etwas Rucksicht."
„Es heißt Rück- nicht *Ruck*. Und nicht *haben*, sondern nehmen. Übrigens bin ich schon äußerst entgegenkommend, wie ich meine."

Ja, das Zusammenleben mit den Samets gestaltete sich nicht so einfach. Ob es die Schuhe im Hausflur waren, das Schweinefleisch im Kühlschrank oder nur das abendliche Fernsehprogramm, ständig gab es Diskussionsbedarf. Schmittmann kam schließlich zu der Erkenntnis, dass er die Samets bei der Suche nach einer eigenen Wohnung unbedingt unterstützen musste. Trotzdem, er hatte die beiden und das Kleine in sein Herz geschlossen, das musste er sich eingestehen. Und für ein gelungenes Weihnachtsfest benötigte er weder die Gesellschaft seiner Frau noch die von Frank und seiner Bagage. Auch nicht den Segen der übrigen Hausbewohner. Frau Schlüter aus dem Erdgeschoss hatte es sich nicht nehmen lassen, ihn darauf hinzuweisen, dass beim privaten Warmwasserverbrauch die Personenanzahl ein Berechnungsfaktor wäre. Und es somit für ihn auf jeden Fall teurer würde. Geärgert hatte ihn auch ein anonymer Aushang im Hausflur, mit dem Hinweis, dass Untermieter nur mit Einwilligung der Hausgemeinschaft gestattet wären. Na, die konnten ihn alle mal! Er verlangte ja gar keine Miete. Und wo keine Miete, da gab es auch keine Untermieter.

Allen Unkenrufen zum Trotz wurde es ein fröhliches Weihnachtsfest. Mit Familie Samet, mit Hanna und ihrer neuen Lebensgefährtin, und mit Frau Haferfeld, die eigentlich "nur mal ganz kurz" vorbeischauen wollte, um ein paar Präsente abzugeben. Aber dann hatte sie Schmittmann so spontan umarmt, dass er sie nicht mehr rechtzeitig abwehren konnte.

„Mein Gott, Herr Schmittmann. Dass es so was noch gibt, so eine Menschlichkeit! Wenn Sie noch irgendetwas brauchen, Decken, Lebensmittel, Kleidung, was auch immer... "
Er lehnte dankend ab, genoss aber ihre warmen Worte. Da war es wieder, dieses ungewohnte Gefühl, etwas Gutes zu tun und sich

dabei auch noch wohl zu fühlen. Selbst wenn er das alles gar nicht so geplant hatte. Er klopfte seiner Nachbarin auf die Schulter, aber nur ganz kurz.

„Frau Haferfeld, hiermit lade ich Sie herzlich ein, gemeinsam mit uns Heiligabend zu feiern. Zu Essen gibt´s jedenfalls reichlich."
Dann flüsterte er ihr zu: „Da bleibt sicher einiges übrig, es gibt nämlich keinen richtigen Braten, nur so was Orientalisches. Ich ja weiß nicht, ob Sie so was mögen…"

Frau Haferfeld strahlte ihn an und nickte ihm zu. Schmittmann blieb skeptisch, denn schließlich war er nicht überzeugt, sondern überrumpelt worden.
„Papa, du bist herzlich von mir und Annika eingeladen. Ich bezahle alle Zutaten und die Samets kochen. Nichts gegen deinen Braten, aber so richtig begeistert hat der mich nie."

„Ach…", hatte Schmittmann erwidert und eine Schnute gezogen. „Das sagst du mir erst jetzt? Aber dieser orientalische Kram, der schmeckt dir, oder wie?"
Hanna hatte nur gelächelt und ihn an sich gedrückt. Wie hätte er da widersprechen können?

Also verzichtete Schmittmann schweren Herzens auf seinen Schweinebraten...

Und während er nun mit Hanna, Annika und Frau Haferfeld fröhliche Weihnachtslieder sang, begannen Akilah und Hasim ein opulentes Festtagsmahl zu zaubern. Hasim, der sonst gerne den Pascha spielte, half seiner Frau sogar in der Küche. Dann rief Akilah alle zu Tisch und servierte feierlich ihr Menü.

Als Vorspeise gab es Lammfrikadellen mit einer pikanten Tomatensauce, dazu ein knusprig-goldbraunes Fladenbrot. Schmittmann nahm sich nur eine kleine Portion, ließ sich aber schon kurz darauf einen Nachschlag geben.

Danach wurde im Hauptgang ein dampfendes Safran-Zitronenhühnchen mit Reis und Kürbis serviert. Wie gut das duftete! Dazu ein guter, süffiger Wein, anstelle des üblichen Fiege-Pils. Und als Dessert gab's eine arabische Dattelcreme... Schmittmann strahlte. Mann, war das lecker! So gut hatte es ihm an Heiligabend noch nie geschmeckt. Und so wohl hatte er sich bei einem Weihnachtsessen mit Gästen noch nie gefühlt. Nicht einmal bei Schweinebraten in Schwarzbiersoße!

## Ben Weber

... wurde im Jahr 1958 in Essen geboren.

Nach Abitur, Bundeswehrdienst und Studium schloss er 1989 eine praktische Ausbildung ab und war in der Folge noch viele Jahre therapeutisch tätig. Seit etwa 2010 schreibt er Kurzgeschichten und Romane.

Ben Weber lebt und arbeitet derzeit in Bochum. Er ist verheiratet, hat einen erwachsenen Sohn, besitzt ein mit purer Muskelkraft betriebenes Fahrrad und zwei fröhliche Wellensittiche.

Weitere Bücher von Ben Weber:

**Keine Panik, Probepapa !**
ISBN: 9783754339602
228 Seiten, Verlag: Books on Demand
Erscheinungsdatum: 26.08.2021

**Die Toten vonne Ruhr**
13 Geschichten über Mord und andere Miseren
ISBN-13: 9783740751708
204 Seiten, Verlag: TWENTYSIX
Erscheinungsdatum: 03.09.2020

**Harti Hoppel blickt durch**
ISBN: 9783744855143
60 Seiten, Verlag: Books on Demand
Erscheinungsdatum: 15.03.2018